GRAND THÉATRE DE LYON.

DIRECTION
De M. Charles Provence.

ISOLINE,

OU LA

CHATELAINE BERGERETTE,

BALLET EN 2 ACTES,

PAR M. BARTHOLOMIN.

Prix : 25 centimes.

Se vend dans les Théâtres,

CHEZ BERTAUX, ÉDITEUR, GALERIE DE L'ARGUE, 83.

ET CHEZ LES PRINCIPAUX LIBRAIRES.

1838.

LYON — IMPRIMERIE DE G. ROSSARY, RUE ST-DOMINIQUE, 4.

ISOLINE.

Décors de M. Savette.

Costumes de M. Blod.

ISOLINE,

OU

LA CHATELAINE BERGERETTE,

BALLET-PANTOMIME EN DEUX ACTES,

DE M. BARTHOLOMIN,

MAÎTRE DES BALLETS DU GRAND-THEATRE DE LYON,

MUSIQUE COMPOSÉE ET ARRANGÉE

Par M. Jules Bovéry;

REPRÉSENTÉ POUR LA PREMIÈRE FOIS A LYON,

Sous la direction de M. Ch. Provence,

LE 4 JANVIER 1838.

LYON.

Se vend dans les Théâtres.

ET CHEZ BERTAUD, GALERIE DE L'ARGUE, 83.

—

1838.

Cour du Comte de Provence.

CHEVALIERS.

MM. Christol, Mouzar, Guilleman, Cussez, Julles, Richet, Foudras, Jean, Fabre, Franville, Foyard, Moulin, Boulet, Squels, Esse, Biquet, Finot, Hubert, Beaugrand, Dominique, Lotta, Arnaud, Griffe, Tonny, Flachat, Castor, J. Guilleman.

COMPAGNONS DE GASTON.

MM. Edmon, Laborde, Charles, Truillard, Michel, Etienne.

MAITRES DE CÉRÉMONIES.

MM. Clair, Hyppolite, Cadet, Duffaut.

BOUFFONS DU COMTE.

MM. Murat, Lerouge, Révilly, Bergeron.

PAGES.

MM. Fréderic, Chollet, Delestra, Baptistin, Zing, Laurent, Decroze, Stéphan.

ÉCUYERS ET HOMMES D'ARMES.

Comparses.

NOBLES DAMES.

Mmes Pauline, Laborde, Joséphine, Franville, Béquet, Alfred, Goudard, Courtois, Jenny, Agarithe, Hubert, Ursule, Reillier, Orgard, Élina, Maria, Jules, Barbier, Alexandre, Favier, Éliza, Sornet, Jolly, Marietta, Tonino.

SUIVANTES.

Mlles Sophie, Bertin, Mélina, Cogniez.

Divertissements.

ACTE PREMIER.

PAS DE TROIS.

M. LEROUGE.

Mlles DUVAL, BARTHOLOMIN.

PROVENÇALE.

M. MURAT, Mme SIRAN.

TARENTELLE.

MM. MURAT, LEROUGE, CHOLLET.

MM. Tonny, Griff, Beaugrand, Dominique, Lotta, Moulin,
Fayard, Franville, Arnaud, Fabre, Jean, Foudras.

Mmes SIRAN, DUVAL, BARTHOLOMIN.

Mmes Tonine, Marietta, Jolly, Sornet, Eliza, Favier, Ursule,
Hubert, Agarithe, Jenny, Félicité, Goudard.

ACTE DEUXIEME.

QUADRILLE NOBLE.

MM. Tonny, Griff, Arnaud, Lotta.
Mmes Tonine, Marietta, Jolly, Sornet, Eliza, Favier,
Ursule, Hubert.

PAS DE CHATELAINES.

Mmes SIRAN, DONJON, DUVAL, BARTHOLOMIN.

GALOP DE FOUS.

MM. BERTHIER, MURAT, LEROUGE, RÉVILLY,
BERGERON.

FINAL CHEVALERESQUE.

Mmes SIRAN, DONJON, DUVAL, BARTHOLOMIN;
Mmes Tonine, Marietta, Jolly, Sornet, Eliza, Favier, Ursule,
Hubert, Agarithe, Jenny, Félicité, Goudard, Baptistine,
Laure, Stéphane, Delestrad.

MM. BERTHIER, MURAT, LEROUGE, RÉVILLY,
MM. Tonny, Griff, Arnaud, Lotta, Dominique, Beaugrand,
Moulin, Fayard, Franville, Fabre, Jean, Foudras, Fré-
déric, Chollet, Zink, Decroze.

Programme.

—

PERSONNNAGES.

ARTISTES.

GASTON, comte de Provence. . . . . M. JAMES.
RIAMBAUD, châtelain de Tarascon. . . M. BARTHOLOMIN.
BAELLAURIER, fou du Comte. . . . . M. BERTHIER.
URBAIN, jardinier du Châtelain . . . . M. MURAT.
BERTHE, mère de Gaston. . . . . . . Mlle FLORE.
ISOLINE, épouse de sire Raimbaud. . . Mme SIRAN.
MARGUERITE, tante de Michelette . . Mme CHEVALIER.
MICHELETTE, cousine et fiancée d'Urbain Mme E. DONJON.

Dames. — Seigneurs. — Ecuyers. — Pages. — Hommes
d'armes. — Valets. — Paysans. — Paysannes.

La scène est en Provence.

ISOLINE

OU

LA CHATELAINE BERGERETTE.

ACTE PREMIER.

DÉCORATION.

Une Salle gothique du Manoir de Tarasco..

SCÈNE PREMIÈRE.

La jeune Michelette, vêtue en châtelaine, entre joyeusement... Son fiancé et sa bonne tante sont près d'elle... L'un la gronde, l'autre l'encourage... — Ce déguisement exigé par le sire de Tarascon inquiète Urbain... Mais la vieille Marguerite ne voit en cela qu'une occasion unique de faire briller sa jolie petite nièce, et le pauvre Urbain a grand tort d'être triste, maussade... Il a beau dire que ce changement de bergerette en noble dame n'est pas d'un bon augure ; qu'il doit cacher quelque piège... et que ! — Mais on ne l'écoute pas ; sa mère lui dit qu'il a perdu l'esprit, et sa gentille fiancée fait mille folies en admirant sa magnifique parure.

SCÈNE II.

Sire Raimbaud paraît... Les trois serviteurs

s'inclinent respectueusement devant leur maître ; puis ils lui rendent compte de ce qui s'est passé. — La belle Châtelaine est méconnaissable, dit la fermière ; elle a pris toutes les manières d'une simple bergerette,—et Michelette, toutes celles de la dame de ce manoir dit, à son tour, la petite en prenant un air de grandeur qui amuse le châtelain !... En ce moment Isoline sort de son appartement... Elle recommande la discrétion à ses suivantes ; la prudence à Michelette, à Urbain et à Marguerite, et les congédie tous avec bonté.

SCÈNE III.

Seuls, les deux époux se félicitent d'avoir pris la résolution de mettre en défaut la galanterie du comte de Provence ; de ce jeune séducteur qui vient les visiter dans le dessein de troubler leur union. — En lui présentant Michelette comme châtelaine de Tarascon, Raimbaud assure sa tranquillité. — Cependant, il paraît soucieux... douterait-il de son Isoline ?... — Oh !... non... Mais elle est si ravissante sous l'habit villageois qu'elle porte... et le comte si perfide !!! — L'aimable Châtelaine a bientôt rassuré son époux !... Jamais elle ne trahira la foi jurée !... Jamais le plus léger sourire ne récompensera le superbe Gaston, si, toutefois, il abaisse ses regards jusqu'à la timide bergerette... Au comble de l'ivresse, Raimbaud presse sa chère Isoline contre son sein, et promet de n'avoir plus aucune crainte... En cet instant, des sons guerriers annoncent l'approche du Seigneur d'Arles et des chevaliers qui l'accompagnent!...Le Châtelain redevient inquiet!... Isoline lui demande avec empressement la cause de ce changement subit ?... puis elle sourit malicieusement de l'effroi qu'il ne peut réprimer.

SCÈNE IV.

Michelette, Urbain et Marguerite accourent ; les hommes d'armes du château les suivent de près... Le sire de Tarascon ordonne à ces derniers de recevoir avec honneur l'auguste suzerain qui vient s'asseoir à son foyer; leur recommande de ne voir dans la belle Châtelaine, que la jeune fiancée d'Urbain; de respecter la petite Michelette comme dame de ce manoir; puis, il conduit Isoline et Marguerite jusqu'aux degrés qui mènent au jardin, et il va à la rencontre de son noble visiteur, pendant que le pauvre jardinier se retire avec tristesse, et que la joyeuse bachelette passe dans de somptueux appartements.

SCÈNE V.

Déjà la grande salle du château est remplie de pages, d'écuyers, de seigneurs... Le Comte s'avance... il presse affectueusement la main de

Raimbaud; de ce vieil ami chez lequel il vient, sans façon, se reposer quelques instants avant de retourner à sa résidence d'Arles; puis il le félicite sur son nouvel hymen, et lui témoigne le désir de présenter ses hommages à la belle Isoline... Beaulaurier, le hardi bouffon de Gaston, vient aussi complimenter le Châtelain; — il brûle de s'incliner devant la merveille confinée dans ce manoir!... de lui jurer! — Mais, tout entier à la ruse qui doit soustraire sa bien-aimée aux poursuites du jeune comte, Raimbaud ne prête aucune attention aux sottises du fou; il dit à ses hôtes que sa compagne est étrangère aux usages des cours, et qu'il craint qu'elle ne leur paraisse un peu gauche.

SCÈNE VI.

Cependant, Michelette a reçu ordre de se rendre au salon... Elle ne tarde pas à paraître... mais en voyant tous ces chevaliers étrangers, la petite ne sait comment se tenir... comment répondre aux courtoisies du Comte, et elle court se réfugier auprès de sire Raimbaud. — Gaston ne peut s'empêcher de sourire de tant de simplicité. — Encouragé par cet exemple, Beaulaurier va, de son maître, aux seigneurs, de ceux-ci, au Châtelain, fait admirer à tous la pauvre Michelette encore toute déconcertée, dit que jamais grande dame ne posséda tant de fierté dans le regard!... tant de noblesse dans le maintien! et revient partager l'hilarité du Comte et de ses compagnons.

Pendant ce temps, un banquet a été préparé. — Le sire de Tarascon engage ses hôtes à y prendre place... Gaston présente la main à Michelette, qui s'est un peu remise, et chacun passe à la salle à manger.

SCÈNE VII.

Urbain et Isoline reparaissent; ils vont offrir des fleurs aux convives de sire Raimbaud... Tout-à-coup, notre jardinière s'arrête! — Si sa démarche allait alarmer le Châtelain? — Si le Comte de Provence allait la remarquer? — Décidément, Urbain ira seul à la salle des festins, et elle attendra son retour en ce lieu.

Beaulaurier, qui n'a pas suivi les seigneurs afin de pouvoir se livrer sans réserve à sa folle gaîté, s'est mis un moment à l'écart... Il trouve la jeune fille beaucoup trop avenante pour un rustre; le lui dit sans façon, et se dispose à lui prendre un baiser... Mais la jeune fille se défend... La résistance enflamme le bouffon;... il ne peut échouer sans honte auprès d'une petite bergerette... Il faut qu'elle cède à ses désirs; et il s'élance pour saisir sa taille mignone! — Soudain, un regard sévère,

un geste impérieux répriment cette audace !...
et la belle Isoline est déjà bien loin, que le galant
est encore en extase !... Ce terrible regard !... ce
geste menaçant ! n'appartiennent pas à une villageoise, dit notre fou en reprenant ses allures;...
il y a ici quelque supercherie que nous allons tâ-
cher de découvrir. — Mais, quelqu'un vient de
ce côté ! — c'est mon maître et l'intéressante
épouse du seigneur Raimbaud.... Plaçons-nous
derrière ce pilier, et voyons ce qui va se passer.

SCÈNE VIII.

Gaston a quitté le banquet pour suivre la pré-
tendue Châtelaine qu'il aime !... qu'il adore ! et
sans laquelle il ne peut exister désormais !... Il
la presse de répondre à son ardeur, et il se jette
à ses pieds au moment même où Urbain revient
au salon croyant y trouver Isoline !... — En aper-
cevant son fiancé, Michelette se sauve à toutes
jambes... Le Comte, alors, se relève furieux, et
Beaulaurier sort de sa retraite en riant aux
éclats.

SCÈNE IX.

Le pauvre jardinier est tombé à deux genoux...
Beaulaurier lui fait grâce au nom du noble Comte... Mais il faut qu'il parle... qu'il fasse connaître
à l'instant cette femme qui ne peut être l'épouse

de Raimbaud. — Urbain avoue, en tremblant, que cette grande dame n'est autre que Michelette a jardinière, sa jolie fiancée; et que la petite paysanne qu'il a laissé un instant dans cette salle, est la belle Châtelaine de Tarascon!... — A cette nouvelle, Gaston laisse éclater son dépit... puis il se promet de faire payer cher au seigneur Raimbaud le tour qu'il a voulu lui jouer... — Mais, qu'Urbain garde le silence, et que Beaulaurier s'éloigne un moment.

SCÈNE X.

Triste, rêveuse, Isoline se dirige vers ce lieu où elle espère rencontrer son époux. — Elle craint de s'être trahie devant ce bouffon qui a osé l'insulter; et de nouveaux conseils lui seraient nécessaires. — Gaston l'aborde avec douceur, l'engage à bannir ses chagrins; il la prend sous sa protection, et il veut assurer son bonheur en lui faisant épouser, aujourd'hui même, son fiancé! — Cette précipitation épouvante la Châtelaine au point qu'elle ne trouve d'autre moyen, pour sortir d'embarras, que de prier le jeune Comte de rompre cet hymen plutôt que de le hâter!— *Elle n'a pas d'amour pour Urbain!* — La charmante Isoline est loin de penser que cette innocente ruse, au lieu de la sauver, la livre au pouvoir du brillant séducteur;... celui-ci la rassure, lui dit qu'elle peut être tranquille sur son avenir ; l'invite à retourner gaîment vers sa vieille tante; puis il congédie le jardinier, et appelle Beau-laurier auquel il confie de nouveaux projets...

SCÈNE XI.

Le Châtelain, Michelette et les jeunes cheva-liers viennent au-devant du Comte. — Raimbaud le prie de vouloir bien assister à la fête préparée pour célébrer son heureux passage à Tarascon... Gaston paraît sensible à cette marque d'affection; échange un regard d'intelligence avec Beaulau-rier, et se laisse conduire à la grande avenue, lieu destiné aux plaisirs de la soirée.

DÉCORATION.

L'avenue du Manoir de sire Raimbaud.

SCÈNE XII.

De jeunes filles et de jeunes garçons, parés de leurs plus beaux vêtements, accourent de tous côtés pour fêter leur Seigneur suzerain. — En un instant, l'avenue est décorée; les siéges sont rangés; les tertres ornés de fleurs. — Urbain, qui a tout dirigé, est au pied du manoir. — Il an-nonce les nobles personnages. — On se presse... on se foule pour les approcher.

SCÈNE XIII.

Le Comte, le Châtelain, Michelette, et les chevaliers de leur suite, sont accueillis par de vives
acclamations!!! Gaston témoigne sa satisfaction
et prend place pour laisser commencer les jeux.
— Près de lui, Raimbaud et Michelette; — à
ses pieds, Beaulaurier; — vis-à-vis, les autres
seigneurs.

DANSES PROVENÇALES.

SCÈNE XIV.

Pendant la fête (pour jeter l'inquiétude dans
l'ame de Raimbaud), Gaston n'a cessé de regar-
der avec ivresse la gracieuse jardinière du château. — Les danses terminées, — il fait distri-
buer des présents aux villageois, et engage Raimbaud à conduire la Châtelaine à Arles, afin qu'elle
soit présentée à la comtesse Berthe, et à toute la
cour... Jusque-là, le sire de Tarascon ne voit
aucun danger pour sa chère Isoline, et il consent
d'autant plus volontiers à accompagner le Comte
qu'il espère hâter son départ... Mais, avant de
s'éloigner, celui-ci tient à faire connaître tout
l'intérêt qu'il porte à une jeune fille de ce do-
maine. — En épousant Urbain contre son gré,
la pauvre enfant serait malheureuse!... En con-
séquence, il rompt l'union projetée, relève du

vasselage la jolie bergerette, et l'emmène à son château seigneurial !... À ce nouveau trait, Raimbaud ne peut se modérer : il s'élance au devant du ravisseur, et arrache Isoline de ses bras.... L'hôte alors fait place au suzerain... Il commande... et le Châtelain est aussitôt saisi et traité comme vassal rebelle... Isoline éperdue se précipite aux pieds de Gaston !... implore sa clémence!... Raimbaud n'est pas coupable; .. l'excès du malheur, seul, l'a porté à s'oublier un moment... — Le comte de Provence est touché des larmes de cette tendre épouse... il se reproche même la rigueur qu'il exerce envers elle... Pourtant, il ne peut céder entièrement... Sire Raimbaud sera libre ; mais, la belle Isoline, ou du moins la petite bergerette, sera conduite au château d'Arles !... — Désespoir des deux époux ! — Terreur des villageois ! — Anxiété de la vieille Marguerite qui recommande la prudence à ses enfants, pendant qu'on entraîne Isoline... que Beaulaurier divertit les seigneurs, et que le jeune Comte rit à part de la rage impuissante du pauvre Châtelain !

FIN DU PREMIER ACTE.

ACTE DEUXIÈME.

DÉCORATION.

Une riche galerie du château d'Arles.

SCÈNE PREMIERE.

La douce et intéressante Isoline a versé ses chagrins dans le sein de la comtesse Berthe... Les craintes bien naturelles de sire Raimbaud ; le stratagème employé sans succès pour tromper le jeune Comte ; les scènes qui ont suivi son arrivée à Tarascon... rien n'a été omis ! —En retour de cette confiance, la Comtesse a pris l'aimable Châtelaine sous sa sauve-garde... Elle sort de son appartement, et fait dire au Comte de Provence que sa mère désire l'entretenir un moment.

SCENE II.

Gaston ne tarde pas à se rendre aux vœux de la comtesse... il s'incline... et lui baise la main avec respect. — Berthe l'engage à renoncer à ses projets sur l'épouse du brave et fidèle Raimbaud. — Mais Gaston n'a pas le dessein de chercher à séduire la charmante Isoline... il n'a pas oublié les services rendus à sa famille par le Sire de Tarascon, et il ne voudrait pas les reconnaître par l'ingratitude et le déshonneur !... Seulement, il

tient à tourmenter un peu le jaloux , pour le punir d'avoir méconnu ses véritables sentiments...
— La bonne comtesse veut bien croire à la pureté des intentions de son fils... Elle veut bien aussi se prêter à la leçon qu'il désire donner au Châtelain; mais, cachée derrière un panneau, elle sera témoin de tout ce qui se passera. — En ce moment Beaulaurier entre tout essouflé... Le seigneur Raimbaud est presque sur ses pas... — La Comtesse retourne auprès d'Isoline, et Gaston rentre dans son appartement après avoir recommandé à son fou de mettre tout en œuvre pour désoler le Châtelain.

SCÈNE III.

Malgré la résistance de Beaulaurier, Raimbaud pénètre dans la galerie... il vient arracher son Isoline de ces lieux... Le bouffon rit de son égarement, et lui dit qu'il est impossible que la Châtelaine quitte la cour avant sa présentation. — Mais ce n'est pas la dame aux nobles vêtements que vient chercher le Châtelain ; c'est la gentille bergerette son épouse!... — Oh !... c'est bien différent... Pour celle-là... il n'y a pas non plus moyen de l'emmener ; car le Comte ne la quitte pas ! — Raimbaud se jette sur Beaulaurier ! — Il faut qu'il lui fasse connaître la partie du château où l'on retient Isoline... Il faut qu'il la lui rende. — Tout-à-coup, il s'arrête !... son regard s'anime d'une expression nouvelle !... ses traits respirent le bonheur !... Gaston n'aura pu résister au désir de triompher de la Châtelaine ; et il aura feint de porter intérêt à la jeune villageoise pour masquer ses perfides projets.... Isoline est sauvée !... Michelette seule sera victime !... Il rit de la mystification du brillant suborneur, s'approche de Beaulaurier et lui offre une bourse bien garnie pour l'engager à lui faciliter les moyens d'enlever son épouse... Le fou accepte l'or et promet ses services... Le Châtelain, au comble de ses vœux, va dans la salle prochaine attendre le moment d'agir.... Soudain, il reste frappé de stupeur !...

SCÈNE IV.

Michelette, Urbain et Marguerite sont dans la galerie !... — Est-ce un songe ?... — Est-ce une réalité ?... Michelette en simple jardinière !.... Eh !... qui lui a ordonné de quitter son déguisement ?... Le Comte de Provence. — Toujours le maudit Comte...—Nul doute... Urbain aura trahi son maître... il aura dévoilé son secret !... — Urbain est à genoux... il n'y a pas de sa faute... Le Seigneur-fou a tout deviné !... — Le misérable... Mais Beaulaurier a déjà disparu... — La vengeance de Raimbaud sera terrible... La dague en main , il se précipite vers l'appartement de Gaston !... Des gardes lui en ferment l'entrée... le menacent... — Désespéré... furieux... le pauvre Châtelain maudit tout ce qui l'entoure , et s'enfuit comme un insensé...

SCÈNE V.

Le bouffon reparaît... sa gaîté dissipe bientôt la frayeur de Marguerite et de ses deux enfants... — La vieille reçoit de l'or;... Michelette un riche présent... Urbain un contrat tout signé. — Le Comte désire qu'ils soient heureux !... Les deux fiancés sautent de joie !... la bonne mère en deviendra folle !... Tous trois remercient Beaulaurier, le prient de bien assurer le Comte de leur éternelle reconnaissance !... promettent de garder le silence sur tout ce qui s'est passé , et quittent la cour d'Arles, pour retourner au manoir de Tarascon.

SCÈNE VI.

La comtesse a communiqué à l'aimable Isoline le plan arrêté pour corriger sire Raimbaud.... Toutes deux viennent au rendez-vous; mais la Châtelaine craint la présence de Gaston, et, ne pouvant l'éviter, elle prie la généreuse Berthe d'engager son fils à ménager le sire de Tarascon...

SCENE VII.

· Le Comte paraît!... En voyant Isoline dans tout l'éclat de sa nouvelle parure ; il ne peut retenir un mouvement d'admiration et d'envie !... Qu'elle est belle !... que ce Raimbaud est heureux !... Après avoir salué avec respect la Comtesse et sa jeune protégée ; il prie cette dernière de se rassurer, de ne point trembler près de lui ; — il n'a pas l'intention de punir la noble Châtelaine du tour que lui a joué la petite bergerette ; et le seigneur Raimbaud, seul , doit ressentir quelques instants encore le poids de sa vengeance... Ici, Beaulaurier chargé d'attirer le Châtelain en ce lieu, annonce son arrivée. — Isoline supplie le Comte d'épargner son époux... Mais Gaston ne peut rien céder sur ce point... il faut que le jaloux reçoive une leçon... — Placée de manière à tout voir sans être vue, la Comtesse veillera sur l'épouse du Châtelain, afin que celui-ci ne puisse prendre au sérieux cette plaisanterie... Isoline se résigne, et, au moment où sire Raimbaud entre dans la galerie... Gaston , aux pieds de la belle Châtelaine, obtient l'aveu de son amour !...

SCÈNE VIII.

Stupéfaction de Raimbaud ! — Confusion simulée d'Isoline ! —Triomphe de Gaston qui feint d'être courroucé. — Cette jolie personne, vêtue noblement aujourd'hui, n'était-elle pas, hier, une simple villageoise ?... ne l'a-t-il pas relevée du vasselage de Tarascon ?... et le seigneur de cette Châtellenie a-t-il le droit de s'opposer aux volontés de son suzerain et de pénétrer ainsi dans ses appartements ?.... — Raimbaud a recouvré son énergie !... Il déclare avoir trompé le Comte... lui avoir présenté pour châtelaine, une paysanne;... pour jardinière, Isoline, sa perfide épouse !... Eh! pourtant, il ne vient pas l'arracher à ses embrassements... Le seigneur d'Arles peut compter librement une courtisane de plus parmi les nobles dames de sa galante cour !... Mais bientôt, trahie... abandonnée... le cœur déchiré par le remords, l'infidèle implorera son pardon!...—Alors... point de pitié!... point de grâce !... des fers... une prison éternelle... — Isoline et Gaston ne peuvent s'empêcher de sourire... Cette nouvelle humiliation accable le Châtelain !... Heureusement la comtesse paraît. — Tout s'est passé sous ses yeux.... c'est elle-même qui a provoqué cette scène; d'abord, pour guérir sire Raimbaud d'une jalousie vraiment outrageante pour la vertueuse Isoline, et ensuite, pour le punir d'avoir privé la cour de la présence d'une aussi charmante personne!... Sire Raimbaud passe du désespoir à la joie !... il remercie la généreuse Comtesse; supplie

Gaston d'excuser ses emportements... tombe aux genoux d'Isoline, et implore, à son tour, sa clémence!... — Félicité des deux époux !... satisfaction de Berthe... efforts du jeune Comte pour déguiser son dépit!... Mais le clairon se fait entendre!... c'est le signal de la réunion de la cour... Beaulaurier vient avertir le Comte qu'on n'attend plus que lui... et la belle Isoline pour commencer la fête. — La Comtesse prend la main de sa protégée; Gaston, celle du Châtelain, et tous quatre se rendent ainsi à la salle des cérémonies... — Beaulaurier est stupéfait!... ce qu'il vient de voir renverse toutes ses idées!... La Comtesse... Isoline... le Comte et sire Raimbaud d'accord!... mais il est impossible de savoir ce qu'il faut penser de ce qui se passe dans ce château.

DÉCORATION.

La salle des cérémonies du château d'Arles.

SCÈNE IX.

Une foule immense circule dans la grande salle. Seigneurs et nobles dames attendent impatiemment l'arrivée de cette Châtelaine, jusqu'à présent éloignée de la cour. — Est-elle jeune? — est-elle jolie?... — Et cette promenade à Tarascon?... cette visite du Comte au Châtelain?... — Mais le bouffon qui accourt pourra répondre à toutes ces questions... — Le seigneur Beaulaurier, le compagnon, l'ami des jeunes chevaliers, ne leur refusera pas quelques petites confiden- ces ?... — L'aimable fou du Comte connaît la dis- crétion de ces dames ; il n'hésitera pas à leur con- fier les remarques qu'il a pu faire sur le compte de l'épouse de Raimbaud ?... — Mais le seigneur Beaulaurier, l'aimable fou du Comte, craint main- tenant de s'exposer en parlant trop... et, feignant de consentir à satisfaire ce mouvement de curio- sité, il réclame l'attention !... la prudence !... et s'enfuit laissant les questionneurs dans une cruelle déception.

SCÈNE X.

De brillantes fanfares annoncent l'arrivée du Comte de Provence... chacun prend place selon son rang.

Hérauts, pages, écuyers, hommes d'armes pré- cèdent et suivent le Comte, la Comtesse, Raim- baud et Isoline... Tous les regards se portent sur cette dernière... — Les jeunes seigneurs restent en admiration !... — les dames témoignent leur dépit... — La comtesse présente la Châtelaine à l'auguste assemblée, et prend les deux époux sous sa protection !... Leur union fut l'objet de ses soins ; leur bonheur est son vœu le plus cher !... — Le respect succède à l'ironie de quelques che- valiers... — le dévoûment, la sincérité, à la ja- lousie des dames... — Sire Raimbaud jouit alors du triomphe de son Isoline!... Berthe félicite son fils sur la loyauté de sa conduite, quoique sa préoccupation n'ait pu lui échapper ; Beaulaurier, à travers un sourire malin, laisse percer son incrédulité, et toute la cour se dispose à célébrer dignement la présentation de la belle Châtelaine!

DIVERTISSEMENT CHEVALERESQUE.

FIN.

www.ingramcontent.com/pod-product-compliance
Ingram Content Group UK Ltd.
Pitfield, Milton Keynes, MK11 3LW, UK
UKHW022330170726
13837UKWH00005BA/2200